울음이 불룩해진다

시작시인선 0492 울음이 불룩해진다

1판 1쇄 펴낸날 2023년 11월 30일
지은이 곽향련
펴낸이 이재무
기획위원 김춘식, 유성호, 이형권, 임지연, 홍용희
책임편집 박예솔
편집디자인 민성돈, 김지웅, 정영아
펴낸곳 (주)천년의시작
등록번호 제301-2012-033호.
등록일자 2006년 1월 10일
주소 (03132) 서울시 종로구 삼일대로32길 36 운현신화타워 502호
전화 02-723-8668
팩스 02-723-8630
블로그 blog.naver.com/poemsijak
이메일 poemsijak@hanmail.net

ⓒ곽향련, 2023, printed in Seoul, Korea

ISBN 978-89-6021-745-4 04810
      978-89-6021-069-1 04810(세트)

값 11,000원

울음이 불룩해진다

곽향련

천년의
시 작

시는 제대로 나를 찾아온 적 없지만

나는 시에게 가는 중이다.

차 례

시인의 말

제1부

제2부

제3부

제1부

태화강 대나무 숲길을 거닐며

대나무 숲길을 거니는데 아버지가 대쪽같이 서 있다

곧은 자세로 키 크고 마른 아버지는
한 치의 흐트러짐 없이 대나무집을 지었다
앉으나 서나 허리 한번 굽히지 않았다
바둑을 즐기셨던 아버지
집 짓기가 마음대로 되지 않을 때는
어허 이런! 어허 이런! 손으로 무릎을 탁탁 내리쳤다
그럴 때마다 아버지 무릎에는 마디가 한 뼘씩 자랐다
하얗고 까만 바둑알로 들어앉은 나의 작은 눈
왕국 짓는 일을 보느라 눈동자를 부지런히 굴렸다
그런 아버지의 집 짓는 일에도 바람에 대숲 흔들리듯 일렁였다
아직 마디가 다 자라지 않은 오빠들과 나의 종아리에
대나무 자국을 남기고
빨간 종아리들이 잠들었을 무렵
멍 자국을 몰래 쓸어 주셨던 밤
나는 잠든 척 숨소리를 죽였다
아버지는 속을 비워 나갔고 허한 마디를 놓아 버리자
뿌리 뽑힌 대나무처럼 쓰러졌다

대나무 숲에는 깡마른 아버지들이 흔들리고 있다

벌초

새마을운동을 하지 않았던 아버지의 머리를
해마다 이맘때쯤이면 깎아 드린다
뿔뿔이 흩어졌던 오빠들과 동생이 모여서
뒤늦게 참회하듯 고개 숙여 어루만진다
남에게 허리 한 번 굽히지 않던 아버지
줄줄이 책가방의 무게를 감당하기 어려워
이 집 저 집 빚을 내서 학교를 보냈다
자식 농사 마음대로 되지 않아
매로 키우고 호령으로 키우고
반듯하게 살아라 푸르게 살라 하시던
아버지는 거처를 산으로 옮기고
굳이 초록 모자를 쓰고 계신다

빨래집게

입술에 매달린 눈물처럼
젖은 슬픔이 입 속에 닿았다
기다란 막대로 높이 쳐든 빨랫줄에
이를 악물고 매달렸다
아이들이 뛰노는 가난한 마당과 장독대가 빙빙 돌았다
삶이 종종 견디는 일이라기에
무명 헝겊을 입 속에 밀어 넣었다
바람이 마구 휘갈기는 날은
온몸의 무게를 입으로 꽉 깨물고 있었다
옷가지가 다 말라 화르르 펄럭이며
하나둘 떠나 버린 빈집
늙어 간다는 건 공중에서 외줄 타기처럼
눈물을 남모르게 말리는 일
허옇게 색 바래진 몸이 퍼석하다

아흔 해를 아스라이 버텨 온 어머니
틀니를 해 드려야겠다

그녀의 안방

그녀가 쓰러지자
안방 천장이 무너졌다
태풍 탓이 아니었다
폭우 때문도 아니었다

오래전 중심을 잃은 낡은 척추
오른쪽에서 왼쪽으로 왼쪽에서 오른쪽으로
까만 밤을 끙,
산을 넘듯 한 생이 돌아눕는 밤

눈을 감으면 거짓말처럼 아침이 열리고
이승인가 저승인가
외로움이 겹겹이 쌓인 벽을 더듬는 마른 손

먼저 간 안동댁이 패악질을 해 대던 오욕 속에서도
인생을 뒤바꾸어 놓은 전쟁의 설움에도
빨간 열매의 꿈을 꾸게 하였던 안방

그녀가 요양병원으로 거처를 옮기고
더는 적막을 견딜 수 없다는 듯

만지면 바스라질 공허한 뼈대들이
와르르 무너져 내렸다

쌓인 흙더미에서 가묘假墓를 보았다

유리문

이쪽 세계와 저쪽 세계가 훤히 보이는데 막막하다
유리를 사이에 두고 휠체어를 탄 엄마는 안, 나는 바깥

아니다, 이미 생이 저쪽 끝으로 밀려난 엄마는
내가 서 있는 바깥을 안쪽이라 할 것이고
당신은 바깥이라 할 것이다

사라지기 위해 멈추고 있는 사람들
유리 안은 선팅을 한 것처럼 그늘지고 어둡다
여러 손자국이 다녀간 유리에 엄마와 나의 손을 대 본다
차갑고 투명한 슬픔이 손바닥에 닿는다

집에 가고 싶다 집에 가고 싶다, 입 속에서 우물우물
틀니를 뺀 엄마의 볼은 우물을 파 놓은 듯 깊은 물소리가 났다
가슴에서 가슴으로 전염되는 눈물은 코로나19보다 전염성
이 강해 줄줄 샌다

흰 가운 입은 천사표 저승사자가 면회 시간 끝났음을 알리고
돌아가는 엄마의 뒷모습은 유리 조각처럼 깨져서 간다

모과

어머니, 소슬 바람 부는 가을 빈손 바닥에 떨어진
노란 모과 속살 보셨는지요
누렇게 바래진 당신의 속살을 따라
물길 열어 들여다봅니다
우리 아가 우리 아가
꽃같이 고이고이 흘러가라
둥실둥실 어여삐 흘러가라
새벽마다 장독대 물 떠 놓고 치성을 드리는 노랫말
잠결에 들려왔습니다
해가 가고 달이 가고
새들도 눈물 부리고 가는 쪽빛 하늘 아래
잔가지마다 바람 배고 너른 마당을
가슴 쓸어내리듯 비질하였습니다
나는 당신의 물컹한 속살을 반쪽 베어 먹고 자라고
당신은 마른 몸 가지 끝에
향기로운 노란 빛깔을 물들였습니다
먼발치에서 공중에 매단
당신의 향수 한 알 집어 코끝에 훔치고
까만 유골이 된 당신을 이제야 안아
봄볕에 풍장합니다

빈집 감나무

그녀가 부재중인 빈집 감나무는 무성하게 익어 가고 있
습니다

몇몇 길손이 풋것을 스쳤을 뿐 그대로입니다

외로움의 미학이란 이런 것일까요

검은 고양이 울음소리 들려오는 밤
무릎까지 기어오른 풀이 검푸른 파도처럼 흔들리며
마당 귀퉁이에 서서 제 속을 익히고 있습니다

그리움이 꼭지까지 닿았는지
마침내 붉은 눈물을 막대기에 꽂아

달나라로 외출한 그녀에게 활시위를 힘껏 당깁니다

홍시

엄마가 냉동실에 들어가셨다

젖을 빨아 먹는 아이처럼
당신을 뜯어 먹고 베어 먹고 자라는 까만 씨를
진물이 나도록 품었다
공중에 매단 삶은 푸르도록 떫었으리
새들이 똥을 누고 부리로 쪼아 대기도 했지만
꽃잎 방석에 나를 앉히고
초록과 빨간 전구로 환한 지상을 열어 준 당신
익어 간다는 건 생의 근육을 뺀다는 것일까
완숙해진 자신을 내려놓으며
더 흐물흐물해지기 전에 하얀 보를 덮고
깊숙하고 서리 낀
냉동실로 들어가셨다

홍시를 꺼내 먹으면 물컹한 엄마가 눈가에 매달린다

개나리

겨울 내내 동여맨 노란 치맛자락 끈이 풀렸네

개울가에도 돌아가는 산 길목에도 치렁치렁 밟히네

저 속에는 신비한 궁이 있지

그 궁 안에는 사라진 계절이 잠들어 있지

미풍이 깊은 잠을 흔들어

그 궁에서 겨드랑이를 간지럽히며

노란꽃을 데려 나오고

겨울과 술래놀이를 하던 내가

엄마의 치마 속에서 뛰쳐나왔지

동백꽃

내가 꽃망울이라고 불렸을 무렵
낡은 부엌 쪽문 앞에는 한 평 남짓 꽃밭이 있었다
어느 해, 동백나무 한 그루가 우리 집으로 오게 되었다
발목 잡힌 동백은 채소를 씻거나 빨래를 한 물을 먹었다
설거지한 구정물도 먹었다
꽃망울인 나는 꽃은 맑은 물을 먹어야……
입술을 달싹거리며 고개를 갸웃거렸는데

오욕을 동여맨 동백꽃 망울이
그해 겨울
초록 손에 햇불을 들었다

이팝꽃 피는 계절

어린 누이가 공장으로 가고 밥상에 쌀밥이 올랐다

중학교를 졸업하고 그릇 공장으로 떠밀려 갔던 누이
여러 자식 중 한 명은 살림 밑천을 해야 한다며
우리는 누이의 꿈을 잘라 먹었다

보퉁이를 안고 이팝꽃 눈물을 덜컹거리며 버스에 올라
탄 어린 누이
내가 우두커니 길가에 박힌 돌처럼 작아질 때까지 뒤돌
아보았다

조그만 입술로 눈물을 먹었던 나는
더 이상 아버지가 남겨 둔 쌀밥에 숟가락을 디밀지도
좋은 가방과 마징가 Z가 그려진 옷을 사 달라고도 떼쓰
지 않았다

이팝꽃 피는 계절에는 유년의 누이들이 아른아른 밥상
에 오른다

다시 전세

다시 짐을 꾸린다
늘 그랬듯이 어떤 책은 버리고 어떤 책은 가지고
버릴까 말까 했던 옷들도 버리고
TV 드라마 속으로 순순히 들어가
주인공이 되었던 눈물의 기억도 버리고
턱없이 오른 전셋값 어디에서 구하나
내게서 사라진 것들로 궁색한 무게도 버리고, 버리고
하지만, 날갯짓처럼 사랑을 확인한 침대만은 가져가야지
삐거덕거리는 가구들을 들어내고 나니
곰팡이가 검은 멍처럼 스며 있다
불안에 떨던 나의 그림자일까 두려움으로 얼른 지운다
이제 떠나야지, 깃털처럼 떠나야지
못 박힌 벽에서 집주인의 시선을 거둔 후에야
검은 철문을 열어젖힌다
한숨 돌린 낡은 짐들이 출렁이며 뒤따라오고
제 몸마저 흙으로 돌려주고 간
아버지와 어머니의 하늘을 올려다본 허공
구름도 새들도 짧고 긴 이주를 한다

쉼표

어디에서부터 흘러왔는지 내력을 알 수 없는
이 돌에는 상처가 들어 있다
파도가 어루만져 둥글어진 돌로
가늘고 긴 손으로 물수제비 놀이를 한다
어깨를 젖히고 바다 위로 힘껏 내던지는 돌
가슴을 치는 듯 파랗게 일렁인다
아프면 청춘일까
바위처럼 무거운 스물일곱 해
팟, 쉼표를 찍는다
무서운 속도로 반짝이던 푸른 돌은 파도에 잠기고
바다의 궁전에 머물러 숨을 고른다
잠시 쉼표를 찍는다고 해서
절망은 아니리, 아니리
고개를 흔들며
마침표가 아니어서 다행이야
돌고래처럼 파팟, 수면 위로 비상한다

파도가 토해 낸 눈물을 온몸으로 마신 몽돌
바다는 차르르 차르르 껴안는다

제2부

매듭

산을 오르는데 등산화 끈이 풀렸다
그는 무릎을 꿇고
이것도 제대로 못 묶느냐며 핀잔이다
큰언니의 손길로 쫑쫑 땋아 내린 머릿결에 나비매듭을 한
소녀의 발이 무심결에 자라고
남편이란 끈을 따라
친지들의 결혼식장을 가고 제사에 오간다
언제나 매듭을 짓고 푸는 쪽은 남편이다
언쟁을 한 후에도 그만의 비법으로 미끄러질 듯
풀어헤치고 단단히 묶는다
브래지어 끈을 가만가만 풀어
무릎과 무릎 사이를 꽉 엮는 매듭
아름다운 합작合作이다
끈이 툭 끊어질 듯
가슴 철렁한 적 여러 번 있었지만
젓가락처럼 뻣뻣한 나를 부드럽게 휘어 감는다

신발

몸속으로 밀려 들어왔다
운명이었다, 선택이었다
그를 받아들이는
첫, 이라는 아련한 통증과 뻑뻑함이 이내 익숙해져 갔다
어느 세계를 취取하다 나를 벗어 던지고
맨발로 뛰쳐나가려는 그의 발목을 꽉 붙들었다
좁아터지는 단칸방에서 아웅다웅하다가도
그와 나를 닮은 발가락이 아프다고 웅크리면
언제 그랬냐는 듯
새벽이라도 끈을 고쳐 매고 의기투합하였다
밑창이 너덜너덜해지고 서로의 바닥이 보일 즈음
매끈한 아름다움이란 이미 사라진 지 오래다
기다리다 지쳐 하품하는 입 속에
어둠처럼 새벽이슬처럼 슬그머니 찾아 들어와
거친 혀를 구겨 넣는다

분홍 구두

엎어질 듯 구두를 벗자
구두가 잽싸게 발밑으로 달라붙는다
바닥은 제 몫인 것처럼
뿔을 세우고 나를 꼿꼿하게 들어 올려 주었다
때때로 절망의 늪에 빠져들어
분홍 입 속에 발을 혀처럼 밀어 넣으면
따듯하게 감싸 주는 구두
하여, 나는 진정 바닥으로 내려가 본 적 없다
한때 그 구두를 신고 꽃의 아픔을 잊은 채
꽃밭 가득 거닐기도 하였는데
결코 가볍지 않은 생을 떠받치며
계단을 뛰어 오르내릴 때는 얼마나 숨이 헐떡거렸을까
또르르 굴러떨어지는 눈물방울까지
뾰족한 코끝으로 말끔히 삼켜 버리는 구두
그 눈물 대신 머금고도
햇빛 쨍그르르 만나면 반짝 빛나게 웃는다
그는 오늘도 하중荷重을 견디며
나를 높이 세운다

바닥

바닥을 들켰다

피곤한 다리를 무심코 쭉 뻗었다가

발바닥을 바라보는 눈을 발견하고 흠칫 숨겼다

감춰야 할 것이 발 모양이었는지

바닥이었는지

스스로도 알 수 없지만

바닥은 숨기는 것인가 보았다

언론 속의 카메라는 바닥에다 초점을 비추는데

너도나도 아니라고 숨기는 걸 보면

분명 바닥은 들키는 것이 수치스러운 것이다

바닥에는 비밀스러운 무엇이 그리 많은지

바닥 소리

소리를 죽여야 그나마 아름다워지는 것

끼니때마다 흰쌀밥을 남기고 밥상을 물렸던 밥그릇에
자라나는 숟가락들이 부딪혔다
소리 나지 않게 먹어라, 하시던 아버지는
바닥의 소리를 들려주지 않으려 쌀밥을 몇 숟갈 남겼으리라
뉘라서 달그락거리지 않았으랴
게 눈처럼 슬쩍 넘어도 보았을 터
숟가락은 바닥 채운 밥을 붉은 입 속으로 퍼 넣고
구덩이는 점점 깊어졌다
바닥은 검어졌다가 하얘졌다가 동굴 속 울림처럼 달그락
거렸다
이슬과 바람과 천둥 번개를 견디며 족적이 된 밥 앞에서
나는 쿡, 웃다가 눈이 곧잘 시큰해졌다
닭 볏 같은 집게 핀을 머리에 꽂고
밥그릇에 얼굴을 파묻어, 파묻어
내가 먹는 밥은 하얀 이팝꽃이야
꽃 밥을 먹는 초록이라 우기며 숟가락질을 한다

기찻길

  식육점 점원은 돼지 갈비뼈를 칼질하기 위해 가지런히
놓았다
  어제 해 질 무렵, 기다린 기찻길이다
  긴 그리움처럼 기차를 기다렸지만
  너와 내가 빨리빨리를 외친 탓이었을까
  기찻길은 더 이상 정감 어린 칙칙폭폭 소리를 전달하지
않았다
  먹이처럼, 칸칸마다 살점을 메우고
  잘도 자는 아기의 오막살이도
  사잇길 옥수수밭도 보이지 않는 풍경은 빠르게 밀려났다
  간간이 길이 끊기고 피가 고이는 레일 위에서
  아름답지 않은 잠을 자는 사이
  나의 봄은 기계음을 들으며 다 지나갔다
  산허리를 돌아 생을 실어 나르는 레일은
  가쁜 호흡을 내뿜고 흉통을 앓는다

  고깃덩이를 무심하게 건네받고
  집으로 오는 길
  태양은 어제보다 재빠르게 서쪽으로 달아나고 있다

몸

두 발이 아프고부터 발목도 귀한 줄 알았다
세상 비천한 곳을 딛는 발바닥의 주인은 발목이라고
홀대하며 살았다
오른쪽이 아파서 왼쪽에 힘주면, 기우뚱
온몸이 흔들린다
중심 없이 절뚝이는 게 부끄러운 줄은 알아
발목을 감추고
콘크리트 바닥을 질질 끌며 걸었다
그럴수록 두 발목은 울어서 뚱뚱 부어올랐다
166센티의 몸길이에서
발목과 머리는 멀리 떨어져 있어도
온몸을 붙잡는 것이 발목이라는 것을
바닥을 끌어 보니 알겠다

프라이버시아이

매달 셋째 수요일은 컴퓨터 프라이버시아이 실행하는 날
자존심을 지키라고 종종거린다

간간이 나를 번개처럼 해킹당하고
더러는 스스로 잃어 간 날들이 수천 날이 되었다
세웠던 각도는 키보드를 누르는 손가락처럼 구부러지고
어김없이 밥때를 울리는 사무실 벽시계 추
녹슨 울음들이 굳어서 귀를 때리는
그 눈물 어쩔 줄 몰라
좌우로 몸을 흔들며 안절부절이다

주문한 비빔밥이 식탁에 놓인다
어릴 적 우리 집 누렁이 옆을 지나다 누런 개 밥그릇
발로 툭툭거렸는데
누런 양푼 차고 앉아서 귀족처럼 밥을 먹는다

주먹밥

먹다가 꽉 막혔다
느닷없이 주먹질이다
어디에서 밥그릇이라도 빼앗겼을까

누굴 밀어내고 밥 먹은 적 없는 내게
생수병 뚜껑조차 딸 수 없어
파르르 떨리며 움켜쥔 손이
많이 울먹했구나
한 방 먹이고 싶었구나
삑하면 공중에 휘두르는 주먹은 산산이 흩어지지
전쟁을 겪지 않은 밥은 도무지 뭉쳐지지 않아
좁은 목구멍이라도 흔들려고 틀어쥐는구나

어쩌다 삶의 혹이 되어 버린 밥이여
주먹이여
그만 놓아라 풀어라
움켜쥔 덩어리

뿔

강변을 걸어가다가
풀을 잘못 발음해서 뿔이라 했다

그랬더니, 풀이 뿔처럼 일어난다
허벅지까지 자란 풀
소, 염소, 사슴의 뿔처럼
뿔의 중심에는 뼈가 있다

절망과 희망이 뛰고 엎어지는 길 위에서
피 터지게 푸른 뼈대를 쭉 뽑아 올린
뿔 끝에 핀 풀꽃

우우, 무더기로 초록으로 일어난다

뿔이 낸 길 위에
열 개의 뿔이 난 발을 포갠다

걷는 사람들

다리 밑에서 주워 왔다고 놀렸다
엄마가 다리 밑에서 떡 해 놓고 기다린다고
장날 되면 엄마 보러 가자고 했다
이 빠진 사기그릇처럼 둥근 두레밥 상에 내가 빠진 저녁밥을
오순도순 먹고 있는 풍경이 조금도 이상하지 않을 때
나는 정말 다리 밑에서 주워 온 아이일까?
대문 밖에 쪼그리고 앉아 훌쩍였다
남강 물이 흐르는 강 위에 다리가 놓이면 엄마 찾으러 가야지
간간이 무지개가 눈앞에 나타났다가 사라지던 스무 살이 지
날 무렵
다리를 가진 사람들이 다리를 걸어가고 있었다
다리 밑에서 물장구 놀이도 하였다
문득
우리는 다리 밑에서 온 아이들
서러운 일이 생기면 다리 밑 태아처럼 웅크리고 우는 아이들
오스트랄로피테쿠스의 다리에서 다리로 다리에서 다리로
컴퍼스처럼 둥글게 지구를 돌리는 아이들

냄새의 주소지

구불구불 돌아가는 출근길
냄새를 가공하는 환경 산업 공장이 있다
이 퀴퀴한 냄새의 길을 지나야만
오늘을 살아갈 수 있다고
본능은 킁킁거린다

바닥을 뒹구는 냄새들
저 냄새의 주소지는 어디인가
이 길의 비애가 쏟은 거지
고개를 절레절레 흔들수록
길은 냄새를 풍기며 달려든다

엉클어진 기억을 좁은 목구멍으로
소주잔을 울컥울컥 기울인 밤
내 목뼈는 한없이 눈물을 삼킨 적 있었다

웽— 냄새를 뭉개는 기계음이 들리고
똬리를 틀고 있는 단추를 여미는 이 아침
하수구 같은 길을 무사히 통과한다

길을 묻다

스무 살 무렵의 외출은
설렘보다 무서움이었다
이 버스를 타면 잘못 당도할까
저 길을 가면 검은 손이 뻗칠까
길은 늘 가도 가도 두려움이었다
쉼 없이 걸어왔건만
하늘의 뜻을 아는 지천명이라 하여
어찌 내일을 알까
아가리를 벌리고 있는 도시의 고속도로는
아직도 두려워
내가 헛되이 돌아서 온 길
대학교 막 졸업한
아들도 그리 걸을까 마음 졸여
내로라하는 철학자에게 길을 묻는데
갈랫길처럼 고개를 이리 갔다 저리 갔다 한다

후천적 사각턱

모서리가 생겼습니다

귀밑에서 턱 끝까지 직각으로 꺾였습니다

무엇이 그렇게 만들었을까요

비를 피해 지붕 아래 뛰어들듯 좀 숨길 걸 그랬어요

그 연둣빛 어디 두고

트랙을 돌던 운동장을 홱 가로질러 뛰어가다니

치켜드는 턱뼈에 오기傲氣를 부렸을까요

세월을 반쯤 먹으면 무서운 게 없다지만

아, 어 발음에 말의 온도를

냉동실에 넣어 버리는 사람은 여전히 무섭지요

스스로 깨문 혀를 보면 말씀에 물린 자국이 선연합니다

마치 사랑이 떠나간 발자국처럼요

돌아갈 수도 돌아올 수도 없는 모퉁이의 그림자가

거울 속에서 죽은 불처럼 일렁입니다

잠결에서조차 앙다무는 습성이 되어 버린 골격이여

뼈를 깎는 성형이라도 하면

각 티슈처럼 부드러운 혀를 되찾을 수 있을까요

뒤로 걷기

뒤로 한번 걸어 볼 만한 일이다
모두들 앞걸음 세우고
바삐 지나가고 있는 아침
뽀작뽀작 커 오르는 아이를 핑계 삼아
앞서거니 뒷서거니
옆을 스쳐 뛰어가는 가쁜 숨소리들
그 소리들 턱, 턱 막으며
그동안 얼마나 서둘러 왔던가
뒤로 걸어 보면 다 보인다
서둘러 왔던 오늘까지
발과 발이 스쳐서 비껴갔던 오늘까지
도장처럼 꽉꽉 눌러 찍은 발자국 속의
큰 물결과 작은 물결들이 이랑 쳤던
그 무늬 안을 다 들여다볼 수 있다
산모퉁이 돌아가는 길에서
상처를 그대로 드러내는 나무를 어루만지며
뒤로 한번 돌아볼 만한 일이다

매달리다

철봉에 매달리는 사람들

무릎을 구부리고 고개를 푹 숙인다

어깨와 목덜미에 힘을 빼고

저울처럼 왔다 갔다 움직인다

철봉에 매달린 주먹은

끈이라도 잡은 것처럼

안간힘을 쓰며 손을 풀지 않는다

제3부

새가 문을 두드리는 까닭

누가 창문을 두드린다

누구일까

돌아보니 참새 한 마리다

그러고 보니 저 참새가 창문을 두드린 것은 처음이 아니다

영산홍이 활짝 피기 시작한 며칠 전에도 날아와서

두드리다 돌아간 새이다

무슨 까닭일까

날개 속에 감춘 울음이라도 있는 것처럼

소리를 울려 댄다

부리로 날개를 두드림은 공허함만

제 몸 속으로 말려들 뿐

스스로 견딘다는 것은

너무나 외로운 까닭에

유리 창문을 부리로

들어 다오 들어 다오

바람

나는 여태 바람으로 떠돌았지요
산비탈을 뛰오르다
도랑에 콕 처박히기도 했지요
무릎이 깨져라 일어서고 또 일어서기를
나의 몸은 온통 투명한 상처
그러나, 나는 분명 알지요
얼마 전 같은 병실에서 할머니가 내 등을 쓰다듬으니
눈이 시큰거리며 내가 쑥 나은 것처럼
바람은 줄기를 힘껏 밀어 올리는 노란 꽃
민들레 등을 쓰다듬는 것을
잘 익은 가을 아래에서
나는 분명 알지요

헌혈

백혈병 환자가 급히 피를 구한단다
내 피라도 줘 봐야지
헌혈의 집 간호사는 몸무게가 미달일 것 같다는데
그래도 나는 한번 해 보겠다며 팔을 쑥 내밀었는데
바늘로 손가락 뚝 따 보고는
시약에 둥 띄워 보더니
피가 너무 가벼워 둥둥 떠다닌다
내 몸에서도 피가 모자라 나눠 가질 것이 없다고 하는데
피를 더 채워서 오라고 하는데
기분 참 묘해진다
내 몸속의 것도 채우는 그 방도를 몰라
여태껏 모자람으로 가볍게 돌고 돌았나 보다
그래서 세상은 빈혈증을 앓고 있었나 보다

이불이 울음을 덮다

이불이 울음을 덮는다

속앓이를 뒤척이며 함께 울어 주는 집인 것처럼
창밖으로 새 나가지 않도록 덮어 준다

울음의 탄생지인 자궁에서 빠져나올 때의 울음이라면 축
복이지
아버지, 어머니 저승길까지 따라가는 곡哭이라면 어떨까
죽음이 나를 끌어당겨도 가슴에 칼을 묻지는 않았으리

다람쥐는 눈물을 쳇바퀴에 달고 이런 울음 어디에 숨겼지?

아무에게도 알릴 수 없는 울음
시詩도 대신 울어 주지 않는 울음

눈물을 뭉친 구름 같은 솜뭉치에 바늘이 걸어간 이불
들썩이는 울음을 당긴다

울음이 불룩해진다

%(응)

그럴 리가 없어

손등에 손등을 포개고 어깨 으쓱, 뒤집어도 뒹굴어도 응, 푸른 띠 하나 두른 하늘과 바다처럼 마주 보았던 너와 나

시소 양 끝자리 너와 내가 앉아 쿵! 눌러 주면 너는 콩! 치마가 팔랑이며 가벼운 새처럼 하늘을 날아오르는, 너는 나를, 나는 너를 올려 주는 새의 날갯짓 놀이가 있었어 장난기 발동으로 힘껏 눌러 엉덩이가 쿵! 아픈 비명을 질러도 우리는 즐거운 응, 이었어 사실은 새의 날개는 한쪽으로 기울지 않지 비행기가 기울면 우리는 공포에 절어

너와 나 사이에 심장이 찢어질 듯 기울기도 했었지 가로등이 있는 사선의 신호등에서 너는 왼쪽으로 얼굴을 기울인 채 밤을 걸었고 나는 언발란스 치마를 입고 점점 넓어진 폭이 손이 닿을 수 없는 오른쪽으로 가고 있었어

해와 달이 숨바꼭질을 하는 것처럼 약속은 자꾸만 미끄러지는데 너와 내가 마주 볼 확률은?

새벽, 눈이 내리고

밤이 무겁고 작은 도시에 눈이 내린다
달팽이 지나간 잎처럼 축축한 눈꺼풀 안에도 눈이 내린다
깊은 밤 팽팽한 활시위를 당겨 대나무가 어지러이 흔들리고
대숲에서 이따금 뱉어 내는 짐승의 기침 소리에
소리 없는 아우성들이 우우 떨어진다

저만치서 무거운 밤을 지켜보던 가로등 눈빛 오롯이 젖는다

아침이 오면 척추가 곧추세워지는 일상으로 돌아가고
사람들은 누가 이 길 위에 드러누운 하얀 가슴을 움푹 파고
갔는지 묻지 않을 것이다
누가 새벽을 상실하고 아슬아슬 외발로 비껴갔는지 모를
것이다

밤새 앓던 도시는 하얗게 지워지고 있다

가을장마

묵은 습성으로 끊고 맺기를 망설이는 여린 가슴에서
먹구름이 뭉텅뭉텅 북쪽 하늘로 옮겨 간다

햇볕이 고개를 내밀었다가 집어넣었다가
소나기가 한 시간쯤 땅에다 원 없이 긴 바늘로 내리꽂
는 비 꽃이
이유 없이 옷섶으로 젖어 든다

이별을 한 사람처럼 우산도 없이 집으로 돌아온 저녁
맵거나 짜거나 달거나 변덕스러운 것들을 송송 썰어
된장찌개를 끓이는 사이

구름처럼 부풀어 오른 하루가 서쪽 하늘로 기울고
젖은 땅만큼 무거운 저녁밥을 먹는다

내 안에서는 당분간 비가 내릴 것이다

화분

창가에 앉은 당신을 미처 보지 못했네

커튼 사이로 펄럭이는 바람을 닫고서야

와장창 깨지는 당신을 보았네

그제야 내 안에서

당신이 꽃 피고 있었다는 사실을 알았네

척

살아온 만큼 옷이 쌓였다
철마다 새로운 옷들이 장롱 속을 점령하고
어깨와 어깨가 미끄러지고
무릎과 무릎이 비껴가다 부딪힌다

빨간색, 노란색, 보라색으로
한 겹 두 겹 껴입고 백조처럼 걷는다
내겐 상처 따위의 아픈 눈물은 없고
슬픔만을 위한 눈물을 흘리는
당당하고도 아름다운 여자로
포장했던 겹겹의 옷들
어깨 뽕을 빼면 축 처진
삶의 은신처였던

그 많은 척들을 어떻게 벗어버리나

마음집

의자 위에 옷들이 축 늘어져 있다

뼈와 근육을 기둥으로 지탱해 온

빳빳한 팔과 다리 그리고 긴 모가지

육체의 굴뚝을 빠져나와 잠시 휴식에 들었다

빈 날갯짓 같은 오늘을 쓰러지듯 누워서 생각에 잠긴 옷

껍데기는 벗어라, 버려라 하지만

그 껍데기 없으면 한 걸음도 나갈 수 없는 우아한 영혼들

다시 일어나 마음을 집어넣는다

담벼락

지나치게 과묵해서 입조차 닫아 버렸다
다만, 평평한 등으로 바람막이가 될 뿐이었다

무궁화 꽃이 피었습니다
무궁화 꽃이 피었습니다
그의 등에 얼굴을 묻고 가슴 콩닥콩닥 숨바꼭질 동화를
그렸다
아버지께 야단을 맞고 담벼락 밑에 쪼그리고 앉아
나무 꼬챙이로 욕을 쓰다가 지우고 쓰다가 지웠다
내가 자라는 말괄량이 소리들을 안으로 모아 주던 담벼락

그림쟁이들은 물감으로 그의 등에 꽃밭을 그리고
나무도 물고기도 그렸다

덧칠해진 그는 어린 날들을 아직도 간직할까

마음

왔다가 간 마음이 있다

발자국 없이 왔다가
발자국 없이 갔다

잔뜩 물들이고
바람에 혹 떨어진 단풍처럼
더 이상 별들의 이야기를 박을 수 없다

천 리를 한걸음에 왔다가
천 리를 한걸음에 달아난

아픈 마음이 있다

들키다

안을 들켰다

의사는 수면내시경으로
내 몸 속엣것들을 샅샅이 열어 보고
다발성 염증을 화면으로 보여 주며
진짜인지 가짜인지
검사를 해 봐야겠다는데
나도 나를 모르는데
내 안을 휘젓고 빤히 들여다보았다니

어느 해 여름
물방울 똑똑 떨어지는 목욕 바구니가
헐거운 손잡이를 놓치고
샴푸, 비누, 칫솔, 팬티, 브래지어를
대낮 대로에 펼쳐 놓았었다
내 속을 훤히 들여다보는
지나가는 눈길에 화끈거리며
주섬주섬 마음을 주워 모았던 그때처럼

의사의 말을 가방 속에 구겨 넣고
얼른 뛰쳐나왔다

일요일

눈꺼풀은 자꾸 감기고
마음은 말똥말똥
몸을 지렁이처럼 일으키다
낫질당한 풀이 쓰러지듯
결국엔 눈꺼풀이 꺾이고
마음도 빈둥빈둥
몸은 실개천 따라 누웠다
평온한 내(川)에서 물방개는 물장구를 치는데
내(川) 따라 옆에 누운 가재가 실눈으로 툭툭
후줄근한 배 채우자는데
눈도 마음도 몸도
엉거주춤 동굴 같은 이불 속에서 기어 나와
건들건들 하품이
불을 켜고
물을 끓이고
국수를 말아 넣어
도란도란 물풀을 베어 먹듯
통통 비운 그릇을 앞에 두고
가재 눈으로
손맛이 영 아니구나

쿵,

옆구리가 뜨끔한 일요일

제4부

육식주의자들의 잡설

무화과가 열리는 막창집에서였다
막창은 노릇노릇 구워야 한다며
입담 좋은 친구는 연신 명랑한 말을 구웠다
곱창인지 막창인지 헷갈린다고 하니
창자 끄트머리라 하여 막창이라는데
입과 내통한 위장은 냄새가 지독하겠지?
누군가 던진 한마디에 불콰한 불판이 뜨끔, 따끔해진다
우리가 처음으로 비계처럼 뭉치고
풀꽃 향기를 길가에 흘렸던 날들과 싱싱하지 않은
웃음을 쿡쿡 굽는 사이
불판을 뛰어다니던 돼지 살점이 휙 뒤집어졌다
육식주의자들의 쓸모없는 썰은
고기처럼 익어 가고
한 짐승의 액체가 화로에 뚝뚝 떨어진다
노릇해진 막창을 입에 넣으려는 순간
녹슨 총구에서 냄새가 냄새를 흡입한다

세탁기 볼트

세탁기 볼트가 느슨하다
헐렁해진 틈으로 물이 샌다
동력의 레임덕이 온 것일까

함부로 내던지는 피륙들을 안으로 감았던 세탁기
그들이 남긴 보풀을 껴안고 쿨럭거렸다
내부에서는 팔과 다리와 가슴이 뒤엉켜 돌아가고
수십 번 들여다보아도 알 수 없는 미세한 갈등
깊은 울음을 콸콸 쏟으며 수력을 다해 풀었다
그런 동력의 눈물마저 비틀며
신분을 세탁하고 떠난 사람의 안부를
스치는 옷자락이라도 뒤집었을 것이다
내게 온 것들을 사랑하였으므로 미친 듯이 감았으리
빙빙 둘러 속을 비웠던 그는
갈등을 꺼내 파란 여백에 말리며
다시는 들이지 않으리
문을 쾅 닫았다가 열리는

헐렁해서 풀리기 쉬운 덩치 큰 사내가
볼트를 조이느라 낑낑거린다

오른쪽으로 가는 청소기

오래되면 편한 방향으로 돌아선다고 했던가
낡은 청소기가 고장인지 편견인지
오른쪽으로만 밀고 간다
오른손이 바른 손이라고 여겼던 시절
왼손으로 숟가락질한다고
밥상머리에서 손등을 맞았고
글씨도 왼손으로 쓴다며 핀잔을 들었던 친구는
지금도 마우스를 왼쪽에 두고 글을 쓰고
유령 같은 먼지를 왼손으로 싹싹 흡입하는데
우리 동네 패기 짱짱했던 그 어른이 노쇠해지자
방향을 오른쪽으로 슬쩍 돌아앉았던 것처럼
기이한 머리를 따라
슬슬 이끄는 대로 가려는
이 안락함이여

꽃잎 속으로

치과에서였다
오른쪽 어금니 한 개가 흔들린다고 한다

나는 왜 한 개의 꽃잎을 질겅질겅 씹었나
우윳빛 기억들은 다 어디로 삼키고
얇은 꽃잎을 꽉 깨물었나
톡톡 두드리며 펜치는 뒤안길로 돌아가고
하얀 목련 속에서 핏물이 고인다
부르르 떨고 있는 꽃잎이 지는 건 찰나였다
뿌리는 억울하게 덜렁거리고
통증의 비명도 없이 툭 떨어졌다
바람의 혀가 닿으면 수줍게 열리던 꽃잎들
한 꽃잎이 떨어진 허방에서 혀는 헛발질을 한다

추락의 성질을 가진 꽃잎과 꽃잎 사이
하얀 기둥을 심는다

못의 기억

가방 속에서 못 하나가 떨어졌다
어떤 이유에서인지
못을 넣고 다닌 사실조차 잊었는데
다시 불거져 나왔다
키 작은 망치가 폴짝 뛰며 땅땅 때리던 못
쩌렁쩌렁 울리던
그 못을 빼려고 들었다 놓았다
제자리를 찾지 못한 펜치는
부끄럽게 흩어져 있었다
여러 번 반복을 해도 뽑히지 않는 그 못
가죽을 뚫고 삐죽 나오다가
저, 저, 저것! 하며
달려들어 찌르려다가 혹은 들썩거리다가
그만 못대가리 처박고
점잖은 척 들어앉은 뒤통수

찢어진 청바지

찢어진 청바지를 입다가 구멍에 발가락이 걸렸다
찢어진 눈 같다

된통 째려보는 그놈 눈빛이 아직도 서늘하다

저렇게 쭉 찢은 눈빛은 볼 장 다 봤다는 것이다
무서울 것 없다는 것이다

양손을 바지 주머니 푹 찌르고 건들건들
이 사람 째려보고 저 사람 푸욱 찔러 보는 눈
허벅지에 칼자국을 쭈욱 그었다

거리에는 찢어진 눈들이 걸어다닌다

흰, 흰

남부 지방에 눈이 푹푹 내리면 좋겠다 생각했어
잠자는 서정을 흔들어 내게로 펄펄거리는
눈송이와 입맞춤할 거라 여겼어
새해 늦은 오후였지
모든 동력을 멈추게 한 것은 함박눈이었어
길 위에 어둠과 쌓이는 눈, 눈
귓밥을 퍼내고 함박눈 소리를 들었어
여기 커피요, 따뜻한 커피요
구세주처럼 믹스커피를 파는 발자국들이
눈을 헤치며 오갔어
낭만은 발자국에 파묻히고
고요한 아우성이 터졌어
하늘나라 선녀님들은 하얀 주먹을 자꾸자꾸 뿌려 주었어
북극곰이 되어 가는 차를 가변에 버려 두고
하얀 야수가 될까 떨며 걷는 발목을
푹푹 잘라 먹는 하얀 눈, 눈
눈을 멀게 하는 하얀색이
설탕일까 소금일까
진실 놀이가 시작되었던 건 그때부터였어

부항을 뜨다

목욕탕에서 주렁주렁 부항을 뜨는 여자
몸이 밥상이다

어깨와 등에 공깃밥 그릇 여섯 개를 올려놓았다
지친 몸을 꽉 물고 있는 밥그릇

감자알 같은 동생들을 조랑조랑 업어 키운 여자
남편과 식구들 밥상을 차리다가 늙은 여자
식었던 몸이 지글지글 끓는다

한 끼의 따끈한 식사가 푸짐하다

주린 부항기가 여자를 꽉 물고 있다
오랜 상처가
고봉밥처럼 소복이 차오른다

연필 이야기

통에 꽂힌 연필을 보면서
심이 둥글게 깎은 놈으로 쓸까
날씬하게 깎인 놈으로 쓸까
고르다가
아무래도 심이 날씬한 놈이 낫겠다 싶어
그놈을 톡 뽑아 쓰는데
잘 나간다 싶은 놈이
단락을 넘어가는 중에
그만 덤불에 걸려
부러지고 말아
다시 심이 둥근 놈을 뽑아
공책에 끄적이는데
햐! 이놈, 이놈 굴러가는 것 좀 봐라
덤불에 걸려도 머리를 잘도 디밀며
막힘없이 돌돌 굴러가네
부러진 놈 앞에서
옆도 돌아보지 않고
목표 달성하는 놈
문장 끝까지 마구 내지르네

유리와 물이 만나면

유리컵을 꺼낸다
작년 가을부터 찬장 속에 들어앉아
냉수 한 잔 담아내지 못했던 유리컵
뽀얀 먼지 속에 갇힌
투명함을 뒤집는다

수도꼭지에서 솟는 소용돌이 물로
어지러운 머릿속을
하얀 행주로 빠르게 돌리며
창 틈새 스며드는 햇빛에
튀는 물방울들을 본다

1,000℃가 넘는 고온으로도
세공의 손으로도
빚지 못하는
살아 움직이는 것들

유리알에서 튀어나온 빛과
물의 알갱이들이
부딪치며 빚어내는

물방울 꽃 피는
찰나

어떤 나무의 형상形象

　내 고향 옆구리쯤 되는 화정면 덕교리를 지나면 소나무 한 그루 수상쩍다 그는 허리부터 뒤로 휘어져 꽈당 넘어질 듯하고 그의 불완전한 몸을 또 다른 두 나무가 어깨에 기대고 있다 마치 물구나무서려고 팔을 뒤로 뻗쳐 발을 땅끝에서 훌쩍 들어 올리려는 자세다 때로는 그가 무게를 가늠할 수 없는 허공을 떠받들고 있는 것도 같고, 무슨 죄가 저리도 많아 여름이나 겨울이나 벌을 받고 있는 듯도 보였다 그가 언젠가의 목발을 짚고 버스를 기다리는 내 형상으로 보여 어떤 예언의 말씀이기도 하였다 그러나 아직은 옆구리가 살랑거리는 봄이 오면 그 불완전하고 늙은 몸속에서도 연하고 푸른 깃털을 불러내어 봄 피리를 불 것이니 오히려 별 궁상을 떠는 내가 수상쩍은 것 아닌가

전염

쇠고기 전문 음식점 봉고를 타고 식당으로 가고 있다
오래도록 밴 고기 냄새가 차 안을 진동한다
퀴퀴한 냄새가 싫어 고개를 절레절레 젓지만 어쩔 수 없
는 노릇이다
식당에 당도하고 차에서 내려도 몸에서 그 퀴퀴한 냄새
가 난다
블라우스를 툭툭 털고
치마를 풀풀 흔들어도 아직 남아 있는 것은 남아 있다
참으로 이상한 일이지?
어떤 냄새이든 자신도 모르는 새
몸에 착착 달라붙는다는 것
향기로운 꽃밭에 있으면
어느새 꽃처럼 향기로와 진다는 것

흘러내리다

낡은 집을 털고 쓸며 닦는데

벽에서 흙이 흘러내린다

유모차를 밀고 가는 노파를 툭 치면

살과 뼈가 금방이라도 흘러내릴 것처럼

집도 노파도 떠밀지 않았는데

무덤의 시간으로 가고 있다

은폐

밤새 함박눈이 내렸다

이 땅의 모든 죄들을

하얗게 덮어 버렸다

마애불 앞에 선 여자

마애불 앞에서 젊지도 늙지도 않은 여자가 합장을 한다
여기 오르기까지 어지럼증이 있어 겨우내 올라 왔다는 여자
식은땀 훔치며 간절한 눈빛으로 마애불을 바라본다
그 여자, 홀로서기 한 지 십 년이다
이제 어느 그늘에서 쉬고 싶다는 그 여자
얼마나 많은 강을 건너왔을까
속눈썹이 파랑波浪처럼 일렁인다
꿈 같은 아들 둘 있어 작두 같은 날 선 세월을 딛고 섰을
그 여자
　지아비 무덤가에서 풀을 뜯으며 섧게 울었을 바짝 마른
그 여자
　외줄 타기로 십 년 세월을 건너와 합장하는 그 여자를 위해

여보시게
생이란 멈추지 않는 것
그 누구도 굴레를 내릴 수 있는 정거장은 없는 것
너무 그리 서러워 마시게
슬퍼 마시게

마애불은 딱딱한 바위에서 미소 지으며
그 여자 귓불에 사부작사부작 일러 주는 듯하다

역설적 인식을 통한 삶의 의미 탐구
—곽향련 시의 의미

김경복(문학평론가, 경남대 교수)

모든 문학의 출발은 자기에 대한 인식에서부터 시작된다. 그럼 자기에 대한 인식은 무엇인가? 그것은 '나'란 존재를 이해하고 싶은 마음의 발로이자, 이 우주에 오직 하나뿐인 자신에 대한 사랑의 표현이다. 문학은 나에 대한, 나란 존재에 대한 진지한 성찰이자 열렬한 사랑의 형식이다. 불교에서도 참선하기 위한 화두 중의 하나를 '나란 무엇인가?'로 잡고 있음을 두고 볼 때, 그만큼 나에 대한 인식과 사랑은 존재의 근본적 의미를 탐구하는 것이라고 볼 수 있다.

그런데 생각해 보면 '나'란 존재를 들입다 탐구한다고 해서 그 본질적 의미가 바로 나온다고 보기는 어렵다. 아무런 매개 없이 어떤 의미가 즉각적으로 산출될 수는 없기 때문이다. 그래서 보통 작가들은 자기를 이야기하기 위해 가족을 먼저 말한다. 그 이야기 속에서 작가는 자신의 정체성이 어떻게 형성되고 의식의 지향성이 어디로 뻗어 가는지를 알게 된다. 더하여 그 이야기를 보게 되는 독자들도 이런 사정을 독서 가운데 감지하여 자신의 '나'에 대한 이해와 사랑을 교정하고 강화하여 존재의 의미를 터득하게 된다.

곽향련 시인의 이번 두 번째 시집이 아버지와 어머니에 대한 추억을 말하는 것으로 시작하는 것도 이런 사정에서 출발했을 것으로 보인다. 부모는 제 존재의 근원이다. 근원을 알지 못한 채 본류와 지류를 말할 수는 없다. 그렇게 본다면 부모는 또 다른 '나'다. 부모 입장에서도 이를 달리 말해 본다면 자식 또한 또 다른 '나'다. 부모와 자식은 유전자적 측면에서든 운명적 만남의 측면에서든 어떤 본질적 속성을 공유하고 있다. 그러기에 부모를 말하는 것이 곧 자기를 말하는 것이 될 수 있는 것이다. 거기에 부모가 돌아가신 경우라면 애틋한 그리움까지 더하여 자신의 존재성은 물론 현재 삶의 실존성을 말하고 있는 것이라 할 수 있다.

곽향련 시인의 시적 세계를 이해하기 위해서는 그녀가 건설하고 있는 시적 풍경 속으로 들어가 보지 않을 수 없다. 이때 그 첫 관문으로 나와 있는 혈육에 대한 그리움과 회한은 그녀의 존재성에 대한 토대를 제시하고 있다는 점에서 예민한 부분이자 아픈 대목이다. 그렇기에 그녀 시의 중심부에 이르기 위한 우리로서는 얼마간 시인이 그리고 있는 슬픔과 기쁨의 소용돌이 속을 조심스레 헤쳐 나갈 필요가 있을 것이다.

부모에 대한 그리움과 회한, 그 존재에 대한 단상

모든 자식은 부모 없이 나올 수 없다. 부모는 나의 존재성을 이루는 토대이자 존재의 특징을 규정지어 주는 질료다. 그것이 물질적 차원이든 정신적 차원이든 부모는 자식과의 관계에서 어떤 끊어질 수 없는 운명의 고리로 이어져 있다. 이 부모와의 운명적 유대를 본능적으로 민감하게 반응하고, 이를 자신의 존재성으로 성찰하는 사람들이 존재의 본질에 대한 사색을 깊이 하는 예술가들일 것이다. 특히 동양 문화적 전통 속에서 '사모곡思母曲'이라 불리는 형식들은 부모에 대한 곡진한 그리움과 사랑을 표현함으로써 제 존재성을 통찰하는 작품들이다.

곽향련 시인의 이번 시집에 나오는 부모에 대한 작품들은 부모에 대한 그리움과 애틋한 사랑을 보여 주는 것이자 자신의 삶과 존재의 본질에 대한 일정한 성찰을 담고 있다. 부모의 이야기를 통해 자신의 존재성이 어떻게 형성되었는지를 자연스럽게 밝히고 있는 것이다. 그런 것을 어머니에 대한 그리움을 표현하는 다음 두 편의 시에서 찾아볼 수 있다.

이쪽 세계와 저쪽 세계가 훤히 보이는데 막막하다
유리를 사이에 두고 휠체어를 탄 엄마는 안, 나는 바깥

아니다, 이미 생이 저쪽 끝으로 밀려난 엄마는
내가 서 있는 바깥을 안쪽이라 할 것이고

당신은 바깥이라 할 것이다

사라지기 위해 멈추고 있는 사람들
유리 안은 선팅을 한 것처럼 그늘지고 어둡다
여러 손자국이 다녀간 유리에 엄마와 나의 손을 대 본다
차갑고 투명한 슬픔이 손바닥에 닿는다

집에 가고 싶다 집에 가고 싶다, 입 속에서 우물우물
틀니를 뺀 엄마의 볼은 우물을 파 놓은 듯 깊은 물소리
가 났다
가슴에서 가슴으로 전염되는 눈물은 코로나19보다 전염성
이 강해 줄줄 샌다

흰 가운 입은 천사표 저승사자가 면회 시간 끝났음을 알리고
돌아가는 엄마의 뒷모습은 유리 조각처럼 깨져서 간다
—「유리문」 전문

우리 아가 우리 아가
꽃같이 고이고이 흘러가라
둥실둥실 어여삐 흘러가라
새벽마다 장독대 물 떠 놓고 치성을 드리는 노랫말
잠결에 들려왔습니다
해가 가고 달이 가고
새들도 눈물 부리고 가는 쪽빛 하늘 아래
잔가지마다 바람 배고 너른 마당을
가슴 쓸어내리듯 비질하였습니다

나는 당신의 물컹한 속살을 반쪽 베어 먹고 자라고

당신은 마른 몸 가지 끝에

향기로운 노란 빛깔을 물들였습니다

먼발치에서 공중에 매단

당신의 향수 한 알 집어 코끝에 훔치고

까만 유골이 된 당신을 이제야 안아

봄볕에 풍장합니다

—「모과」 부분

위 두 편의 시는 죽음에 임박한 어머니의 모습과 돌아가신 후의 상황을 그려 냄으로써 어머니에 대한 절절한 사랑과 아픔을 드러낸 작품이다. 이들 작품 속에는 자식으로서 어머니에 대한 그리움과 회한을 내보이고 있는 부분은 물론 어머니의 병듦과 죽음을 통해 존재의 본질적 숙명의 문제를 성찰하는 것도 제시되어 있어 많은 생각할 거리를 주고 있다.

이를 먼저 「유리문」을 통해 살펴보면, 이 시에서 시적 화자는 '코로나19'라는 팬데믹 상황으로 인해 요양원에 있는 어머니를 '유리문'을 사이에 두고 면회할 수밖에 없었던 체험을 말하고 있다. 이때 화자의 정서는 "여러 손자국이 다녀간 유리에 엄마와 나의 손을 대 본다/ 차갑고 투명한 슬픔이 손바닥에 닿는다"에서 볼 수 있듯이 "차갑고 투명한 슬픔"으로 표현되고 있다. 이것은 손바닥에 닿는 유리의 차가운 촉감을 표현한 것일 터인데 보는 독자에게는 깊은 통증으로 느껴지게 한다. 이것은 요양병원에 갇혀 있는 어머니가 "집에 가고 싶다

집에 가고 싶다"라고 우물거리는 소리에 더욱 미어지는 감정으로 발전해 가고, 마침내 면회 시간이 끝남으로 인해 헤어지게 되었을 때 "돌아가는 엄마의 뒷모습은 유리 조각처럼 깨져서 간다"에서 나타나는 것처럼 한 세계가 부서지고 '깨어지는 듯한' 작열감을 느끼게 한다. 늙고 병듦으로 인해 발생한 생의 간극間隙에 대한 깊은 슬픔을 적절한 이미지의 형상화와 감정의 절제를 통해 잘 전달하고 있다. 절제된 시적 화자의 감정이 독자의 심금을 더욱 울리게 한다는 사실은 이미 잘 알려져 있다. 그런 점에서 이번 시집에서 이 작품은 형식적 절제미를 잘 갖추고 있는 작품이라 할 만하다.

문제는 이 시가 단순히 어머니의 병듦에 대한 안타까움을 표현하는 것에 그치지 않는 점이다. 이 시의 놀라운 점은 어머니의 늙음과 그로 인한 병든 상황을 통해 존재의 본질이 어떤 모습으로 있는지를 자연스레 통찰해 내고 있는 부분이다. 그것은 우선 '유리문'을 사이에 둔 '안'과 '밖'이라는 상황 설정에 있다. 안과 밖의 설정이 "이미 생이 저쪽 끝으로 밀려난"의 표현에서 볼 수 있듯이, 삶과 죽음의 경계의 의미로 작동하고, 그러한 인식 선상에서 어머니가 있는 요양병원 안이 진정한 삶의 '안'이 아니라 죽음으로 한 발 밀려난 '바깥'이 된다는 인식은 놀랍다 못해 섬뜩한 느낌을 준다. 아직 죽음의 상태는 아니지만 존재라면 누구나 피할 수 없는 시간의 불가역성에 의해 점점 죽음의 세계로 빠져들게 되는 존재의 운명을 애잔한 눈으로 바라볼 수밖에 없게 하는 상황 설정은 존재의 본질에 대한 감각을 너무나 실감 나게 제시하여 소름 돋게 한다. 그 점에서 시인이 존재의 본질을 한마디로 "사라지기 위해 멈추고 있는 사람들"이란 경구로 뽑아내었을 때, 이는 안과 밖의 사유에서 출발한 통찰이 존재의 본질로서 주어진 '시간에 처단된 존재'라는 무서운 생의 구속성을 너무나 잘 표현한 것으로 볼 수 있다.

이에 비해 「모과」는 어머니의 죽음 이후의 상황을 그려 냄으로써 시적 화자의 그리움과 회한이 중심이 되고 있다. 이 시에서는 무엇보다 어머니가 자식들을 어떻게 대했는지에 대한 기억을 "우리 아가 우리 아가/ 꽃같이 고이고이 흘러가라" 등으로 표현함으로써 고인에 대한 애틋함을 간곡하게 표현하고 있다. 그러면서 "까만 유골이 된 당신을 이제야 안아/ 봄볕에 풍장합니다"에서 나타나는 것처럼 어머니의 부재에 대한 안타까움과 회한을 드러내고 있다. 이러한 표현들은 어머니란 존재의 상실로 인해 발생하는 내 삶의 결핍과 쓸쓸함을 부조해 내고 있다는 점에서 짙은 그리움과 슬픔의 정서를 환기한다.

그런데 이 작품 역시 어머니와의 관련성을 매개로 나의 존재성을 통찰하고 있다는 점이 주목된다. 자식으로 시적 화자는 나란 존재를 "나는 당신의 물컹한 속살을 반쪽 베어 먹고 자라고/ 당신은 마른 몸 가지 끝에/ 향기로운 노란 빛깔을 물들"인 대상으로 파악하고 있다. 즉 모과나무에 영근 '모과'로 자신의 존재성을 규정함으로써 모과나무의 살을 빌려 태어났고, 모과나무의 영적 도움으로 "향기로운 노란 빛깔"의 색채와 냄새를 지니게 되었다고 밝히고 있는 것이다. 이것은 제 존재의 특성을 어머니와의 관련성 속에서 찾아내고 그것의 연장선상에서 자신의 실존적 정체성도 형성된다는 것을 인식하고 있다는 것을 의미한다. 이것은 어머니를 향한 그리움 속에서도 제 존재의 특성이 어디에서 기원했는지를 잊지 않고 있겠다는 명료한 자각이기도 하다는 점에서 사려 깊은 인식 행위라 하겠다.

그런 점에서 어머니와 관련된 다른 시에서 "늙어 간다는 건 공중에서 외줄 타기처럼/ 눈물을 남모르게 말리는 일"(「빨래집게」)이라는 표현이나, "익어 간다는 건 생의 근육을 뺀다는 것일까/ 완숙해진 자신을 내려놓"(「홍시」)는다는 표현 등은 존재의 본질적 현상을 포착하는 것이면서 늙어 감으로 인해 죽어 가는 어머니에 대한 그리움과 함께 존재의 본질을 성찰함으로써 자신의 존재성에 대한 제 나름의 수긍과 터득을 담고 있다. 이러한 어머니에 대한 그리움과 존재의 본질에 대한 사색은 아버지에 대한 시에서도 그대로 이어진다. 다음 시편이 이를 잘 보여 주고 있다.

> 아직 마디가 다 자라지 않은 오빠들과 나의 종아리에
> 대나무 자국을 남기고
> 빨간 종아리들이 잠들었을 무렵
> 멍 자국을 몰래 쓸어 주셨던 밤
> 나는 잠든 척 숨소리를 죽였다
> 아버지는 속을 비워 나갔고 허한 마디를 놓아 버리자
> 뿌리 뽑힌 대나무처럼 쓰러졌다
> —「태화강 대나무 숲길을 거닐며」 부분

이 시는 아버지에 대한 회상에 기초해 있다. 그것은 기본적으로 아버지의 자상함과 올곧음에 대한 그리움의 정서를 드러내고 있는데, 내용을 좀 더 숙고해 보면 아버지의 그런 태도가 자신의 존재성을 구성하는 토대로 작용했음을 밝히는 데에 이르고 있음을 발견할 수 있다. 즉 시적 화자는 "아직 마디가 다 자라지 않은 오빠들과 나의 종아리에/ 대나무 자국을 남기고" 간 아버지의 자세가 내 삶의 모습이기도 한 꼿꼿함, 즉 '대나무'로 상징된 삶의 자세를 결정지어 준 것임을 잊지 않고 있다. 특히 아버지의 죽음 자체도 "대나무처럼 쓰러졌다"로 표현함으로써 그 삶의 의미는 자신의 존재성에 지대한 영향을 끼쳤다는 것을 밝히고 있다.

그 점에서 아버지에 대한 다른 시에서 "매로 키우고 호령으로 키우고/ 반듯하게 살아라 푸르게 살라 하시던/ 아버지"(「별초」)의 표현은 아버지에 대한 그리움을 바탕으로 하여 내 삶에 끼친 아버지의 덕성이 어떻게 나의 존재성을 이루게 되는지를 잘 보여 준다. 곽향련 시인의 시에서 아버지는 정신적 좌표로 작동하여 하나의 정신적 질료로 실재하고 있음을 보여 주고 있는 것이다. 이는 부모가 어떻게 자식에게 존재의 근간이 되고, 지향이 되는지를 잘 보여 주는 사례다. 이러한 부모의 물질적, 정신적 삶의 이미지들은 시인에게 하나의 존재 형성의 토대가 되고 이념적 좌표가 되어 현재의 나 자신을 성립하게 되었다는 깨달음을 전하는 하나의 미학적 형식이 된다.

바닥의 사유와 역설적 삶의 인식

부모에 대한 시적 표현 속에 드러나는 중요한 사항 중의 하나는 자신의 유년의 삶을 결정하는 물질적 환경이 '가난'했다는 점이다. 예를 들어 아버지를 추억하는 시편에서 "줄줄이 책가방의 무게를 감당하기 어려워/ 이 집 저 집 빚을 내서 학교를 보냈다"(『별초』)는 표현이 있는데, 이는 유년의 가정환경이 퍽 어려웠음을 말해 주고 있는 부분이다. 그리고 누이를 추억하는 시에서도 "어린 누이가 공장으로 가고 밥상에 쌀밥이 올랐다// 중학교를 졸업하고 그릇 공장으로 떠밀려 갔던 누이/ 여러 자식 중 한 명은 살림 밑천을 해야 한다며/ 우리는 누이의 꿈을 잘라 먹었다"(『이팝꽃 피는 계절』)라는 시적 언명을 하고 있는데, 이것도 유년 시절의 가난으로 인해 누이가 고생하게 되고 어린 시적 화자는 그것을 마음 아파하며 바라보아야만 했던 기억을 표현하고 있다. 가난이 시인의 정체성 형성에 일정한 영향을 미쳤다는 사실을 알게 하는 대목이다.

시골 태생의 사람으로서 유년 시절의 궁핍이 삶의 의미를 좌우하는 내용이 되는 것은 비단 곽향련 시인만의 경우에 해당하는 것은 아니다. 그렇지만 이를 깊은 마음속의 그늘로 간직하고 자신의 현재 삶의 모습과 방향에 적용하는 것은 예외적 현상으로서 특수한 미학적 의미가 숨어 있다. 즉 감수성이 민감한 사람들만 그때의 기억이 현재화되어 지금 이 순간적 삶의 의미를 결정짓게 하고 나아가야 할 방향을 모색하게 한다. 곽향련 시인의 이번 시집의 아주 중요한 특징이 되는 '바닥'의 사유 연작물은 여기에서 비롯된다. 그 시편들의 내용은 이렇다.

바닥을 들켰다

피곤한 다리를 무심코 쭉 뻗었다가

발바닥을 바라보는 눈을 발견하고 흠칫 숨겼다

감춰야 할 것이 발 모양이었는지

바닥이었는지

스스로도 알 수 없지만

바닥은 숨기는 것인가 보았다

언론 속의 카메라는 바닥에다 초점을 비추는데

너도나도 아니라고 숨기는 걸 보면

분명 바닥은 들키는 것이 수치스러운 것이다

바닥에는 비밀스러운 무엇이 그리 많은지
                                              —「바닥」 전문

따뜻하게 감싸 주는 구두
하여, 나는 진정 바닥으로 내려가 본 적 없다
한때 그 구두를 신고 꽃의 아픔을 잊은 채

꽃밭 가득 거닐기도 하였는데

결코 가볍지 않은 생을 떠받치며

계단을 뛰어 오르내릴 때는 얼마나 숨이 헐떡거렸을까

또르르 굴러떨어지는 눈물방울까지

뾰족한 코끝으로 말끔히 삼켜 버리는 구두

그 눈물 대신 머금고도

햇빛 쨍그르르 만나면 반짝 빛나게 웃는다

그는 오늘도 하중荷重을 견디며

나를 높이 세운다

—「분홍 구두」 부분

이 두 편의 시는 '바닥'을 의식하며 그것이 가진 의미를 탐색하고 있다. 앞의 설명에서처럼 이 바닥의 의미는 경제적 어려움과 잇닿아 있는 것으로 보이는데, 이는 가령 아버지와의 추억을 말하는 부분에서 "소리 나지 않게 먹어라, 하시던 아버지는/ 바닥의 소리를 들려주지 않으려 쌀밥을 몇 숟갈 남겼으리라"(「바다 소리」)라고 표현함으로써 바닥이 물질적 궁핍에서 오는 현상임을 암시적으로 보여 주고 있다. 그런 점에서 「바닥」은 "바닥을 들켰다", "발바닥을 바라보는 눈을 발견하고 흠칫 숨겼다"의 표현에서 보는 것처럼 들키지 않게 숨기고 '감춰야' 할 어떤 상태를 '바닥'으로 상징화하고 있다. 그것은 들키면 곧 부끄러운 감정에 빠져들게 되는 상태, 즉 지지리 궁상의 모습을 일차적으로 의미하는 것 같다. 그런 점에서 시적 화자가 "분명 바닥은 들키는 것이 수치스러운 것이다"라고 표현함으로써 바닥의 의미를 규정하는 것은 그것이 자신에게 매우

강렬하고 고통스러운 대상이었음을 밝히는 것이다.

　문제는 이러한 수치스러운 현상은 보통 세계 속에 끄집어내어 세상 사람들이 다 알게 언표화하지 않는다는 사실에 있다. 진짜 수치스럽다고 느낀 일들은 제 마음속에 깊이 감춰둔다. 그렇다면 왜 시인은 여러 정보를 통해 자신의 가난과 관련된 '바닥'의 이미지를 이렇게 당당하게(?) 밝히고 있는 것일까? 그것은 바닥을 바라보는 시선의 변화에서 찾아야 할 듯하다. 이 시는 바닥에 닿아 있던 자신의 초라하고 우물쭈물했던 모습을 그대로 당당하게 밝힘으로써 거기에 묘한 역설적 긴장이 생기게 하고 있다. 바닥이 삶의 끝이거나 비천이 아니라 도리어 삶을 보다 정직하게 바라보게 하고 힘차게 살아가게 했던 원동력이 되었던 것은 아니었을까 하는 인식의 전환이 이 시의 저변을 지배하고 있다는 말일 것이다. 그런 점에서 본다면 "바닥에는 비밀스러운 무엇이 그리 많은지"의 표현은 단순한 바닥의 일면성을 넘어 바닥에 대한 사유의 역동성과 복잡성을 시적 화자가 알아챘다는 의미를 담은 것으로 볼 수 있다.

　이러한 '바닥'에 대한 사유의 진전은 「분홍 구두」에서 보다 구체화된다. 바닥을 대면하고 이의 정신을 대변하는 신발(이는 「신발」이란 시에서 "밑창이 너덜너덜해지고 서로의 바닥이 보일 즈음/ 매끈한 아름다움이란 이미 사라진 지 오래다"라는 표현 속의 '신발'이 바로 바닥의 특징인 거침과 낮음을 상징하고 있는 것에서 알 수 있다), 즉 '분홍 구두'는 "결코 가볍지 않은 생을 떠받치"는 존재로 그 기능을 갖추고 있고, "오늘도 하중荷重을 견디며/ 나를 높이 세"우는 생의 지지대로 그 역할을

부여받고 있다. 즉 분홍 구두로 상징화된 '바닥'은 생의 본질을 진정한 차원의 모습으로 만나게 하고, 그리하여 참된 각성의 차원에서 더 높은 단계의 생의 의미를 획득하게 하는 나의 정신적 형상물이자 구도적 매개물이라는 것이다. 그런 점에서 곽향련 시인의 시 속에 등장한 '바닥'은 비천한 삶의 모습을 상징하는 것에서 벗어나 진정한 삶의 의미와 가치를 알게 하는 시련의 터이자 정신적 수련의 도량이다.

그런 차원에서 바닥은 생의 궁핍과 어려움을 상징하는 기제이기도 하지만 생의 전체를 지탱하는 토대이자 근원의 상징적 의미를 갖는다. 가령 "바닥을 뒹구는 냄새들/ 저 냄새의 주소지는 어디인가"(『냄새의 주소지』)의 표현에서 볼 수 있는 것처럼 바닥은 여러 악취를 풍기는 누추한 장소의 의미를 띠고 있기도 하지만, "발목과 머리는 멀리 떨어져 있어도/ 온몸을 붙잡는 것이 발목이라는 것을/ 바닥을 끌어 보니 알겠다"(『몸』)에서 볼 수 있는 것처럼 바닥은 온몸을 지탱하는 발목의 상징적 매개물이 되기도 한다. 이것들은 초라하고 볼품없는 형상을 띠고 있지만, 전체를 구성하는 데에 있어서는 없어서는 안 될 필수적 요소이자 가치다. 바닥이야말로 존재 구성의 핵인 것이다.

이런 바닥의 상징적 가치를 곽향련 시인은 곤궁하고 힘든 삶을 이겨 내고 있는 사람들에게 투사한다. 다음 시에 표현된 신산한 삶의 여인에게서 이를 발견할 수 있다.

목욕탕에서 주렁주렁 부항을 뜨는 여자
몸이 밥상이다

어깨와 등에 공깃밥 그릇 여섯 개를 올려놓았다
지친 몸을 꽉 물고 있는 밥그릇

감자알 같은 동생들을 조랑조랑 업어 키운 여자
남편과 식구들 밥상을 차리다가 늙은 여자
식었던 몸이 지글지글 끓는다

한 끼의 따끈한 식사가 푸짐하다

주린 부항기가 여자를 꽉 물고 있다
오랜 상처가
고봉밥처럼 소복이 차오른다
—「부항을 뜨다」 전문

   이 시 속에 등장하는 여인은 "감자알 같은 동생들을 조랑조
랑 업어 키운 여자/ 남편과 식구들 밥상을 차리다가 늙은 여
자"로 가난을 삶의 굴레로 달고 산 사람으로 등장한다. 그런
데 그 여인을 바라보는 시적 화자의 시선은 그 몸의 상처를
치유하기 위해 놓는 '부항'에서 아름다움을, 즉 "주린 부항기
가 여자를 꽉 물고 있다/ 오랜 상처가/ 고봉밥처럼 소복이 차
오른다"의 표현처럼 고봉밥의 원만과 풍요로움으로 그 상처
의 특징을 발견한다. 고통과 가난으로 점철된 한 여인의 삶의
역정을 '부항기'로 형상화하면서 이 부항기가 갖는 끔찍함이
오히려 아름다움이 되고 있다는 사실을 말하고 있는 것이다.
이는 바닥이 비천에서 고귀함으로 초월할 수 있는 진정한 정

신적 토대가 되고 존재론적 차원에서 영적 존재로 질적 도약
을 꾀할 수 있는 장소가 됨을 시인의 직관으로 말해 주는 것
이라 할 것이다.

그런 관점에서 "생이란 멈추지 않는 것/ 그 누구도 굴레를
내릴 수 있는 정거장은 없는 것"(「마애불 앞에 선 여자」)이란 잠언
적 발언은 '생의 굴레'로 대변된 바닥의 형상과 사상이야말로
곽향련 시인의 독특한 시법이자 시정신이라 할 수 있다. 그녀
의 시에서 바닥은 비천한 발이 그 물질적 혼탁만 떨쳐 버리게
된다면 곧 날개로 화하여 붙어 있는 천상적 세계가 된다. 그
만큼 역설의 사상이 생성되는 긴장의 장소다.

역설적 사유를 통한 존재의 의미 탐구

그리하여 곽향련 시인의 시에서 자신의 사상을 펼치는 방
법으로 역설이 자주 등장한다. 그녀에게 역설은 참된 이치를
찾아가는 방식이자 자신의 미숙한 존재성을 갈고닦는 수련의
한 방식이다. 그녀 시의 역설은 표현상의 단순한 논리적 모순
을 가리키는 것이 아니라 세속적 가치와 관점을 비틀어 버리
고 초월하는 데서 발생한다. 이것은 이미 그녀가 '바닥'이란
자신의 체험적 이미지를 표현하는 데서 발견한 것으로, 세계
를 보다 정직하고 치열하게 인식하겠다는 의지에서 비롯되고
있다. 이번 시집에서 가장 쉬우면서도 놀라운 감상을 유도하
는 다음 시편이 그 좋은 예다.

뒤로 한번 걸어 볼 만한 일이다

모두들 앞걸음 세우고

바삐 지나가고 있는 아침

뽀작뽀작 커 오르는 아이를 핑계 삼아

앞서거니 뒷서거니

옆을 스쳐 뛰어가는 가쁜 숨소리들

그 소리들 턱, 턱 막으며

그동안 얼마나 서둘러 왔던가

뒤로 걸어 보면 다 보인다

서둘러 왔던 오늘까지

발과 발이 스쳐서 비껴갔던 오늘까지

도장처럼 꽉꽉 눌러 찍은 발자국 속의

큰 물결과 작은 물결들이 이랑 쳤던

그 무늬 안을 다 들여다볼 수 있다

산모퉁이 돌아가는 길에서

상처를 그대로 드러내는 나무를 어루만지며

뒤로 한번 돌아볼 만한 일이다

—「뒤로 걷기」 전문

　일반적 관점에서 사람들의 삶은 앞으로 걷기에 놓여 있다. 그런데 그 앞으로 걷기가 반드시 옳고 가치 있는 것만은 아니다. 앞으로 걷기는 앞만 보고 걸어가는 것이기에 걷는 과정 중에서 여러 가치 있는 것들을 놓치거나 흘리기 쉽고, 뒤로 남겨진 것들을 무시함으로써 진정한 가치가 어디에 있는지를 점검하고 반성하는 행동을 하지 못한다. 그것은 목적 지향적이고 결과 중심적인 태도로 근대적 삶의 폐해로 지적된 행위의 한 형태다. 위 시 「뒤로 걷기」는 이러한 근대적 삶의 형태인 '앞으로 걷기'에 대한 반성적 인식을 유도하는 내용이다. 시적 화자는 "뒤로 걸어 보면 다 보인다"라고 하면서 "도장처럼 꽉 꽉 눌러 찍은 발자국 속의/ 큰 물결과 작은 물결들이 이랑 쳤던/ 그 무늬 안을 다 들여다볼 수 있다"는 전언을 통해 삶의 과정 속에 있는 여러 파장과 형태들을 '들여다보는', 곧 반성하고 정리하는 행위로 보다 나은 가치를 찾고 있다. 그러기에 '뒤로 걷기'는 "뒤로 한 번 돌아"보는 일이기도 하다는 것을 명백히 밝히고 있는 것이다.

여기서 우리는 '돌아봄'의 가치를 생각해 볼 수 있다. 돌아본다는 것은 곧 근원을 생각하고 제 존재성의 근거가 되는 것들의 가치를 되찾겠다는 의미를 띤다. 이는 앞에 이야기됐던 부모의 의미와 가치를 추구하는 행위와 맞물린다. 그리고 이러한 뒤로 걷기는 일상적 관념과 가치를 부정하고 뒤트는 행위와 연관되기 때문에 역설적 사유의 형태다. 역설은 우리의 고정관념을 부수고, 세속의 일면적 가치를 재고하게 만든다. 소비 자본주의로 칭해지는 지금 세상의 물질적 가치보다 더 지고하고 역동적인 가치가 이 세상에 존재함을 일깨워 주고 있는 것이다. 그런 점에서 곽향련 시인에게 뒤로 걷기로 대변된 역설적 사유는 자신의 존재성 안에 채워야 할 진정한 가치가 무엇인지를 탐색하고 이를 구도적 차원에서 추구하는 시적 방법론이다.

그런 생각을 인정하고 수긍하게 되었을 때 자신을 인식하는 삶의 태도도 너그러워지고 미학적으로 성숙한 인식으로 나아가게 된다. 현실적 삶에서 자신의 존재성을 분명 미숙하고 낮은 존재로 인식하며 살았을 것이다. 그런데 이를 인식하는 방법론의 전환에 따라 자신의 상처와 고통, 누추와 비천을 보다 지고한 존재로 승화하기 위한 계기로 봄으로써 영적 의미를 획득한다. 다음 시가 이를 잘 보여 준다.

> 나는 여태 바람으로 떠돌았지요
> 산비탈을 뛰오르다
> 도랑에 콕 처박히기도 했지요
> 무릎이 깨져라 일어서고 또 일어서기를
> 나의 몸은 온통 투명한 상처
> 그러나, 나는 분명 알지요
> 얼마 전 같은 병실에서 할머니가 내 등을 쓰다듬으니
> 눈이 시큰거리며 내가 쑥 나은 것처럼
> 바람은 줄기를 힘껏 밀어 올리는 노란 꽃
>
> ─「바람」 부분

이 시에 와서 곽향련 시인은 자신의 가난한, 혹은 쓸쓸한 삶의 실체를 원만과 긍정으로 껴안게 된다. 그것은 일정 부분 해탈의 의미를 띠고 있다. 해탈이라 해서 현재의 부정적 삶의 형태를 거부하거나 외면하는 것이 아니라 그것이 보다 아름답고 긍정적인 세계로 나아가게끔 하는 삶의 원동력이 되었다는 의미의 표현일 것이다. 실제 「바람」의 시에서 시적 화자는 자신을 바람에 빗대어 "산비탈을 뛰오르다/ 도랑에 콕 처박히기

도 했지요/ 무릎이 깨져라 일어서고 또 일어서기를/ 나의 몸은 온통 투명한 상처"로 존재함을 인식하면서도 이 바람이 꽃을 피우는 힘, 즉 "바람은 줄기를 힘껏 밀어 올리는 노란 꽃"이 됨을 발견하고 있다. 자신의 상처가 꽃을 피우는 힘이 된다는 사실을 "나는 분명 알지요"라는 전언을 통해 분명히 제시하고 있는 것이다. 이는 마치 스님들이 자신의 깨달음을 노래하는 게송偈頌 같은 느낌을 준다. 그만큼 신비롭고 역설적 의미를 함축하고 있다.

그렇게 보았을 때 곽향련의 시적 풍경은 세속적 관점과 가치를 일정 부분 교정하고, 보다 폭넓은 관점과 가치가 어디에 있는지를 탐구하고 탐색한 정신적 여정이라 할 수 있다. 그녀의 시심은 원초적 이끌림의 대상이 되는 부모에 대한 그리움과 회한을 통해 인간 존재의 한 국면을 통찰하기도 하고, 그러한 인식의 연장선상에서 가난으로 인해 발생하는 '바닥'의 상징성을 여러 차원에서 검토하고 의미를 부여함으로써 역설적 의미가 생성되는 긴장의 장소를 형성해 내고 있다. 그리고 그러한 삶의 방식으로서의 역설은 자신의 존재와 삶에도 적용하여 현실적 삶에서 있을 법한 상처와 고통을 진정한 삶의 의미를 추구하는 원동력으로 바라보게 함으로써 자아와 세계의 원숙과 풍요로움을 획득하는 구도적 자세가 되게끔 하고 있다. 이는 놀라운 인식의 성취이자 미학적 형식의 표현이다. 그 점에서 곽향련 시인의 시는 가난하고 유한한 인간 존재의 비원悲願을 놀라운 예술적 영감으로 구원하고자 한 미학적 구축물이다.